기획의 말

그리운 마음일 때 'I Miss You'라고 하는 것은 '내게서 당신이 빠져 있기(miss) 때문에 나는 충분한 존재가 될 수 없다'는 뜻이라는 게 소설가 쓰시마 유코의 아름다운 해석이다. 현재의 세계에는 틀림없이 결여가 있어서 우리는 언제나 무언가를 그리워한다. 한때 우리를 벅차게 했으나 이제는 읽을 수 없게 된 옛날의 시집을 되살리는 작업 또한 그 그리움의 일이다. 어떤 시집이 빠져 있는 한, 우리의 시는 충분해질 수 없다.

더 나아가 옛 시집을 복간하는 일은 한국 시문학사의 역동성이 드러나는 장을 여는 일이 될 수도 있다. 하나의 새로운 예술작품이 창조될 때 일어나는 일은 과거에 있었던 모든 예술작품에도 동시에 일어난다는 것이 시인 엘리엇의 오래된 말이다. 과거가 이룩해놓은 질서는 현재의 성취에 영향받아 다시 배치된다는 것이다. 우리는 현재의 빛에 의지해 어떤 과거를 선택할 것인가. 그렇게 시사(詩史)는 되돌아보며 전진한다.

이 일들을 문학동네는 이미 한 적이 있다. 1996년 11월 황동규, 마종기, 강은교의 청년기 시집들을 복간하며 '포에지 2000' 시리즈가 시작됐다. "생이 덧없고 힘겨울 때 이따금 가슴으로 암송했던 시들, 이미 절판되어 오래된 명성으로만 만날 수 있었던 시들, 동시대를 대표하는 시인들의 젊은 날의 아름다운 연가(戀歌)가 여기 되살아납니다." 당시로서는 드물고 귀했던 그 일을 우리는 이제 다시 시작해보려 한다.

기획의 말

그리운 마음일 때 'I Miss You'라고 하는 것은 '내게서 당신이 빠져 있기(miss) 때문에 나는 충분한 존재가 될 수 없다'는 뜻이라는 게 소설가 쓰시마 유코의 아름다운 해석이다. 현재의 세계에는 틀림없이 결여가 있어서 우리는 언제나 무언가를 그리워한다. 한때 우리를 매혹시켰으나 이제는 읽을 수 없게 된 옛날의 시집을 되살리는 작업 또한 그 그리움의 일이다. 어떤 시집이 빠져 있는 한, 우리의 시는 충분해질 수 없다.

더 나아가 옛 시집을 복간하는 일은 한국 시문학사의 역동성이 드러나는 장을 여는 일이 될 수도 있다. 하나의 새로운 예술작품이 창조될 때 일어나는 일은 과거에 있었던 모든 예술작품에도 동시에 일어난다는 것이 시인 엘리엇의 오래된 말이다. 과거가 이룩해놓은 질서는 현재의 성취에 영향받아 다시 배치된다는 것이다. 우리는 현재의 빛에 의지해 어떤 과거를 선택할 것인가. 그렇게 시사(詩史)는 되돌아보며 전진한다.

이 일들을 문학동네는 이미 한 적이 있다. 1996년 11월 황동규, 마종기, 강은교의 첫번째 시집들을 복간하며 '포에지 2000' 시리즈가 시작됐다. "생이 덧없고 힘겨울 때 이따금 가슴으로 암송했던 시들, 이미 절판되어 오래된 명성으로만 만날 수 있었던 시들, 동시대를 대표하는 시인들의 젊은 날의 아름다운 연가(戀歌)가 여기 되살아납니다." 당시로서는 드물고 귀했던 그 일을 우리는 이제 다시 시작해보려 한다.

고양이 힘줄로 만든 하프

문학동네포에지 083

강기원 시집

고양이
힘줄로
만든
하프

개정판 시인의 말

영적인 탐심으로 충만했던 시절이었다.
삼귀의 흑나방떼가 머릿속을 휘젓던 날들
쥐라기의 은행잎이 흩날리던 계절을 건너
열여덟 해가 지난 지금
여전히 나는 덜 삭은 눈알로
바다를 읽는 미하이다.
내게 시 말고 무엇이 더 남았으랴.
잃었던 아이를 18년 만에 다시 찾은 마음
초심으로의 회귀, 이렇듯 귀한 기회
깊은 감사를 드린다.

2023년 11월
강기원

차례

2부

3부

4부

1부

경(經)

벗은 허물
뒤돌아보지 않고

없는 발과
없는 날개로
사라진 푸른 뱀아

내 화사한
경전아

봄날
갈라진
숲길에 서서

허물뿐인
탈피할 수 없는 내가

너를 읽는다

베토벤이라는 빵

베토벤이라는 빵이 있어
이스트가 아닌
음악으로 발효시킨 빵
악상에 잠겨
부푸는 반죽이라니
버터를 발라 작은 오븐에 넣으면
실내악이 흘러나올지 몰라
바삭하게 구워 입안에 넣으면
악기가 될지도 몰라

눈을 감고 생각해
이 빵은 새가 아닐까
노래를 감추고
날 숙주로 삼으려는 새
맛나고 연한 살의 바이러스로
내 안의 맛없는 말들
노래로 바꾸어줄 새

빵집 앞에는 하루 세 번
그의 부화 시간이 적혀 있지
유리창 뒤에서 바삐 움직이는
흰 고깔의 연금술사들
빵틀로 보이는 저
둥지 안에서

따끈한 베토벤이 태어나길
나는 기다려

선짓국

선혈로 공양케 하시다니

이건 피로 끓인 국이 아니다
피로만 끓인 것이 아니다
진흙과 눈물, 짚과 서리, 햇살과 구름, 들판이
녹아든 한 그릇의 늪

받아먹어라
받아 마셔라
들리는 말씀 없어도

쓰리고 아린 속내 앞에
침묵으로 엉긴
뜨겁고 생생한 적신(赤身)

그 속에 쇠붙이 찌를 수 없어
함부로 휘저을 수 없어

두 손으로 뚝배기 받쳐들고
고개 수그려
메마른 입술을 댄다

찬 이마 위로 훅, 끼쳐오는 입김

피리

폭우가 쏟아지던 밤
하늘이 내던진 빛나는 피리를 보았어
그렇게 여긴 순간
정수리를 맞았지
몸속으로 비가 쏟아져들어왔어
구멍마다 흘러나오는
황톳빛 핏물
함께 쓸려가는 내장
내 안에 숨어 있던
끝도 없이 구부러진 길들이
오물과 뒤엉킨 것을 보았어
모두 끌어내었지

비는 그쳤으나
구멍이 뚫린 채로
나는 남겨졌어

내게서 소리가 나
속이 빈
뼈들의 마디마디

나무(南無)

내가 한 그루 나무인 줄 이제야 알았네
둥치께에 옹이로 맺힌 복숭아뼈

때로 열매 맺고 꽃 피었어도
단풍의 신열(身熱)에 들뜬 그때에도
내 안에 체관과 물관 모르고 지냈네

잘라도 잘라도
허공으로 매양 벋어나는
머리카락, 뿌리인가 여겼으나
도화살(桃花殺)이 있다는 늙은 도사의 말에
그럴 리 없다 도리질만 쳤네

머물렀다 떠나는 날개 달린 것들
품 새로 들락거리는 계절풍
식물성의 영혼도
나무 아니, 나, 無인 연유였네

바다가 옆으로 누운 폭포라면
나는 서 있는 수평선

때로 등목어 한 마리
거슬러올라도
나, 언제나 펼쳐진 하늘

흔들리며 그러나 다시 멈추어
시든 잎, 그마저 모두 내어주고
삭풍에 알몸으로 견디는 바 없이 서 있는 거네

비를 만나 비가, 눈 아래 눈이
그래서 가끔씩 구름의 집도
바람의 어미도 아내도 되어보는 거네

소라고둥

G선만 남은 바이올린

등에 지고 알몸으로 기어간다

죽음의 현 울리는

청명한 바람

푸른 달의 낮은음자리표

닿을 수 없는

해안 절벽의 수평선

제 안에

회오리길 새기며 간다

모래 위에 잠시 스미는

화석의 노래

출렁이는 물결의 옥타브

앞으로 걷는 게

생선 시장 톱밥 상자에서 떨어진
꽃게 한 마리
갯벌내 나는 하수구를 향해 급히 간다

360도 회전하는 게의 눈
게의 나라에
옆으로 걷는 게는 없지

내 눈은 양껏 밀고 당겨 180도
이런 날 보며 게가 뭐라 할지 알 수 없지만
거품 뿜으며 바삐 가는 그에게
부탁해본다
게야, 시 쓰는 내게
네 눈을 빌려주련?

파충류의 허물을 뒤집어쓰다

누가 이 쓸 만한 옷을 버려두었나
(아무도 보지 않겠지)
쑤욱 내 몸은 금방 한 획이 된다
(뒤집혀도 아무도 모를걸)
모래 자루처럼 탱탱해져서 바닥을 밀고 간다
전신으로 그어낸 흔적을 스스로 지우는 힘
(손가락이 없으면 이리도 간단하군)
들끓던 피
서늘하게 대지에 맞닿으니
돌의 알 한두 개쯤 품어도 좋으리
바다를 꿈꾸지 않아도 이미 눈부신
비늘 몸뚱이
자, 이제 할 일은
달고 깊은 겨울잠
구덩이 속에 똬리 틀면 그뿐
봄의 일은 생각지 않는다

별똥별

쇠똥구리,
너는 태양을 굴린다
네가 품은 것은
하느님의 따끈한 똥
물컹한 굴렁쇠

천공에 흩어진
우주의 똥마다
단단히 붙어 있을
윤나는 등허리

그게 바로 별빛이다

가끔씩 네가 굴리다
떨어뜨린 운석을 주워 들며
품으며 그래서
나도 쇠똥구리가 되어보는 거다

대웅좌 속에
빛나는 똥 속에
꿈의 알을
낳아보는 거다
심어보는 거다

비자나무 숲

안개 자욱한 숲속을
맨발로 걸어갔어
아니야 아니야
넌 아니야
술렁대는 비자(榧子) 이파리들

모래바람 늑골에 쌓이는
내 안으로도
무수히 내리는 아닐 비(非)
그러나 귀 막지 않고 눈감지 않은 채
더 깊이 들어갔어

하늘이 보이지 않아
8백 살 비틀어진 둥치
아나콘다 같은 아랫도리에서
돋아오르는 독버섯들
발을 멈췄어
소리의 근원을 찾아낸 듯이

이상한 일이야
천남성(天南星)의 습성으로
오랫동안
옹이로 굳어 있던
내 깊은 곳

알 수 없는 뭉클거림이
번져나고 있어

상형문자 새겨진 석상

일찍이 내 몸은 물결이었네
탄력의 현을 가진 오선지
별과 달과 물의 음정들을 고르며 그들의
음표를 내 안에 새기네
한곳에 머무르지 않는 음(音)의 계단은
흐르고 흘러 발치께로 내려가고
별자리만큼 무수한 악보들이 나를 연주하네
모였다 흩어지며 시작되는 변주
별의 독주가 이어지는 곳에서 나는 쉽게 자리를 바꾸지
처녀좌에서 사슴좌로 카시오페이아에서 전갈좌로
바람과 물은 계절 위로 날 끌어올려
그들의 합주는 벌레와 씨앗을 깨우며
바다의 색깔을 바꾼다네
난 이 음악이 어디에서 끝날지 알 수 없네
채 새겨 넣지 못한 태양과 흙의 소리들 몰려든다네
열 지어 오는 그들의 음파는
내 피부로 스며 진동하는 살가죽이 되네
시원을 알 수 없는 소리의 물결들
수천 년 윤나는 검은 돌, 아니
돌의 북이 되었네

박물관

투명한 가을 햇빛 속을 걸어 열반한 조사의 두개골 공양기와 대퇴부 나팔 소리, 그걸 듣기 위해 티베트 박물관을 찾아가는 중이었습니다. 인골 염주 돌리며 다라니경을 외워볼까도 했지요. 팻말과는 달리 박물관은 외진 골목 끝에 있었고 가는 도중 〈성박물관〉이 눈에 띄었습니다. 무심코 문을 여는 순간 손잡이가 심상치 않았어요. 저도 모르게 한껏 발기한 남근을 쥐고 있었으니까요. (나중에 알고 보니 문이란 문은 죄다 그렇더군요.) 민망함에 얼굴 돌릴 새도 없이 온갖 종류의 성물(性物)과 성화(性畵)의 복도를 지나 한적한 구석에 이르면 구중궁궐 궁녀들의 외로운 밤을 지킨 남근옥석이 크기별로 나란히 누워 있었습니다. 무수리가 썼을까 싶은 나무 조각도 있더군요. 그 투박함에 늑골이 뻐근해져왔습니다. 어디선가 풍겨오는 향내에 방향을 트니 환희불의 신전, 저를 에워싼 남녀 합환의 각종 포즈를 취한 밀교의 신들. 미사보 쓰기를 즐겨 하던 머릿속이 갑자기 아수라 지옥이 되었는데요, 아라한이 되기 위해, 카르마의 거울에 그 무엇도 비치지 않기 위해 사원에 들어선 자처럼 저는 그만 깊이 합장을 하고 말았습니다. 하늘은 참 구름 한 점 없이 푸르기도 하더군요.

재갈을 물고 꿈꾸다

아침에 일어나 뻐근해진 턱을 쓸며
밤새 또 이를 갈았구나
어젯밤엔 뭐였지……
벗겨지지 않는 옷
아무리 애를 써도 빠져나갈 수 없는 몸
그제 밤엔
끔찍하게 무거운 아기
그애가 발버둥칠 때마다 떨어뜨리지 않기 위해
온몸에 힘을 줘야 했어
사흘 전엔
열리지 않는 화장실 아니,
문이야 열렸었지 구멍 없는 변기 앞에서
요의(尿意)를 참아내느라 어찌나 쩔쩔맸는지
요일이 생각나지 않는 꿈도 있어
학교에 가야 하는데
좁고 좁은 사다리로 사람들이
물밀듯 내려오고 혼자
거슬러오르려 안간힘을 쓰는 거야
점점 뒤로 밀려나면서
꿈속의 꿈을 꾸지
산을 오르는 열목어의 힘찬 항로에 대해

치아마다 금이 갔습니다
약도 없어요 이건

가운도 입지 않은 의사가 혀를 차며
재갈을 가져다 입에 철커덕 물린다

알

가끔씩 태동을 느껴
의사 말씀이
질 나쁜 위장 탓입니다
하지만 난 알지
그게 알들이라는 것을

복통이 심하던 날
배를 움켜쥐고 광장으로 나갔어
탯줄 달린 알들이 내게서
와르르 쏟아져 나가 굴러다녔어
난 알들에 묶인 채
끝없이 목마를 돌려야 하는
기둥처럼 맴돌았지
저것들을 낳아놓고
돌아앉아 태반을 먹으려 했는데
암고양이가 그러듯
내 새끼 아닌 양 입가 말끔히 닦고

울음소리 내지 못한
알들이 나를 향해 몰려오는 것 좀 봐
몸의 구멍마다
쏟아져들어오는 알들

난 지금

투명한 껍질에 싸여 있어
머리끝까지
알들이 가득차 있어

삼귀

습한 마을
바닥을 치며 떼 지어 다니는
저녁 어스름 속
검은 나방들

텅 빈 방안
우두커니 앉아
소음 없는 이곳에서
날갯짓의 소란을 듣네

나비의 악몽이 나방
이라는 엉뚱한 생각에
인당혈의 집중을
잠시 놓치기도 하네

고요를 탐하여
산중에 들어온
만 갈래 머릿속 길로

삼귀의 흑나방떼
맘껏 몰려와 휘젓고 다니네

습으로 꽉 찬 마을이었네
나는

연잎 위 이슬방울

인드라 그물에 빛나는
태양
이 삼킨 무너미 마을
속을 지나는 잡종견 한 마리
가 따르는 등굣길 아이들
의 손에 들린 바람개비
뒤에 수풀떠들썩팔랑나비
에 묻어온 으아리 꽃씨
안의 눈동자
마야의 눈동자

태백석탄박물관

화석은 방명록이다

삼엽충을 따라 캄브리아기에서 오르도비스기를 건넌다
발을 잘못 디뎌 이구아노돈 뒤를 쫓던 용각류의 똥 알을 밟았다
아직 뭉클하다
백악기를 배로 기어가는 달팽이를 하마터면 못 볼 뻔했다
돌 속을 헤엄치는 칠성장어
경린어류가 흘린 딱딱한 비늘
어느새 데본기의 물속에 들어와 있다
저쪽엔 사라져 볼 수 없던 판피류가
실루리아기와 페름기 사이의 바닷속을 느릿느릿 헤엄치고 있다
물새떼가 보인다
먹이 사냥에 열중한 그들의 부리에 찍히기 전
이곳을 벗어나야 한다 하지만
물을 벗어나자마자
중생대 모기에게 정강이를 뜯기고 만다
수만 년을 산 하루살이와 파리
피 냄새를 맡았는지 주변에서 맴을 돈다
멀리 눈 들어보니 거대한 노목 한 그루
석탄기의 그늘로 가 잠시 다리를 뻗는다
단풍과 너도밤나무, 쥐라기 은행잎을 보며

나도 여기서 단단한 규화목 한 그루나 될까
잠시 망설인다
하지만 이제 퇴적암의 계단을 올라 20세기 끝으로 가야 할 시간
오늘은 46억 년을 눈 깜빡할 사이 살아버렸다

늙은 세탁부

새벽 두시
빨래가 내걸린다
유령처럼 펄럭이는 옷들
40촉 알전구 아래
김 뿜는 다리미
희뿌연 유리창에
늙은 세탁부의 굽은 등이
능선의 그림자처럼 담겨 있다

12월의 깊은 적막 속에
불 밝힌 방
지워지는 수많은 얼룩들
구부러진 등뼈 펼 때마다
비닐 수의 입은 납작한 몸들
밤의 덮개를 열고 일어난다

텅 빈 옷 속으로
바람의 살들이 드나든다

2부

딸꾹질

삽날에 물컹한 것이 걸려든다. 썩은 연못을 메우려 마당을 파는 중. 구덩이 안에서 오글거리는 새끼 쥐 여섯 마리. 팔뚝만한 어미가 나무 뒤에서 노려보고 있다. 인부는 우선 그놈을 때려잡는다, 망설임 없이. 삽 뒷등에 터져버린 배에서 흐르는 찐득한 것들. 새끼들의 오디 같은 눈알들 위로 큰 돌이 쿵 던져진다. 마당 한구석 홈통 붙들고 구경하던 아이가 딸꾹질을 시작한다.

삽날과 바위에 찍히는 꿈에서 겨우 깨어난 아이, 흠뻑 젖은 채 새벽 마당으로 나간다. 돌은 어느새 치워져 있고 연못 있던 자리엔 뒤집힌 흙의 속살이 덮여 있다. 묽은 핏빛으로 떠오르는 태양을 꼼짝 않고 아이는 지켜본다.

벽제

흰 마스크를 쓴 사내가 타고 남은 뼈들을
빗자루로 쓸어 담는다
불길 채 꺼지지 않은 유품 속 까만 구두
아이가 지나온 짧은 길들과
자국 없는 새길들이 엉키어 오래도록 타고 있다
〈노잣돈은 일절 받지 않습니다〉
쓰여진 팻말 아래서
(재의 여정에도 필요했던 노잣돈)
사내가 가리키는 곳은 뼈의 분마기
얼마 후 그는 곱게 갈린
한줌의 가루를 들어 보인다
(뼈는 왜 나무처럼 숯이 되지 않는 걸까)
열두 살 아이여서 모든 과정은 한 시간이면 족했다
어른은 두 시간이라 한다
욕심이 타는 여분의 한 시간을 기다리지 않아도 좋았다
최신식 거대한 환기통이
남김없이 빨아들인 아이의 살내음
마른 눈으로 올려다보는 하늘 속에도
뼈의 향기는 없다

돌아오는 여의도 길은 한 시간째 꽉 막혀 있다
닫힌 유리창을 뚫고 들어오는 고엽제 피해자들의 고함
주검이랄 수도 없는 뼛가루의 희미한 온기와
살아 있달 수도 없는 그러나 산 자들의 열기가 뒤섞이는

8월의 마지막 날

아프가니스탄의 흙과 재

맨발로 간다
그늘 한 점 없는 자갈밭
발밑에서 침묵하는 돌들
흙바람 이는 무거운 공기 속으로
어린 마리암
한 손엔 찌그러진 주전자
한 손엔 꼭지 없는 뚜껑 쥔 채 걸어간다
비어 있는 무게에도
자꾸 기울어지는 어깨
햇볕과 검은 재에 빛을 잃은 머리칼
그러나 앙상한 목에 걸린
색색의 구슬 목걸이
아이는
가까운 포탄 소리에도 걸음 멈추지 않는다
멀리
희부연 먼지구름 속에 떠 있는 금요사원
새벽노을의 눈을 가진
마리암
튼 입술 다물지 못하고
지뢰밭 가로질러
난민촌 텐트를 향해 간다
발밑에 깔린 이승과 저승
그 사이

공터로 가는 길

대낮에 해가 진다
바람도 없이 저 혼자 마르는 빨래들
그들처럼 창가에서 해 없는 해바라기를 한다 종일토록

어제는 익지 않은 밤알이 떨어져 발길에 채였다
사라진 아이의 노랫소리 들려오는 오후
아이가 만들던 잠자리 패널을 오늘은 버리려 한다
그럴 수 없을지도
모른다 날개 한쪽이 떨어졌지만

쓰레기 쌓인 공터로 가는 길
채 죽지 않은 지렁이 주위로 까맣게 몰려든 개미떼
구름 아래 주저앉아 들여다본다
가끔씩 꿈틀대지만 지렁이는 조용히
몸을 내맡긴 채다

동그랗게 말린 땅의 탯줄,
개미들은 어디로 끌고 가려는가
반쯤 부서진 패널을 들고
집으로 가는 길을 문득 잃는다

자장면

수술실 안으로 철가방이 들어간다
전화선처럼 꼬인 장을 푸는 건 간단하다고 했다
수술은 세 시간을 넘어섰고
배고픈 의사들을 위해 자장면이 배달되었다
장을 풀다 말고 돌아앉아
(혹은 열린 내장을 들여다보며) 그들은
뒤엉킨 창자 같은 면발을 급히 빨아들일 게다
한 시간이 더 흐른 뒤
둔중한 문 밖으로 나온 흰 가운
달려가 옷소매를 다급하게, 공손히 잡는다
하나 그의 손에 들린 건 빈 그릇 담긴 철가방

이윽고
피곤을 마스크처럼 뒤집어쓴 집도의가
수술실 밖으로 걸어나온다

간 조직이 경화되어 절개하기 몹시 힘들었음
많은 양의 검은 피를 쏟았음 담낭도 부어 있음
짙은 빛깔 담즙이 들어 있었음을 듣는 동안
본다
수술복 앞자락에 남아 있는
부패하기 시작한 내장 냄새와 담즙 빛깔 자장 소스

퍼즐

종이를 찢는다
　　　　낙태수술중이다

아주 잘게, 되도록 잘게
　　　　마취약이 듣지 않는다

한때는 나였던, 너였던 글자들을 바라본다
　　　　산소마스크가 씌워진다

도살장의 짐승처럼 백지 안에 갇힌 부호들
　　　　더이상 기다릴 수 없다

사지가 뜯겨나간다
　　　　작은 손가락, 발가락이 핀셋에 들려 있다

주어 동사가 멋대로 섞인다
　　　　살점 하나라도 남겨선 안 된다

잘라진 낱말들로 퍼즐을 할 수는 없다
　　　　태아의 몸으로 조각 맞추기를 한다

이제 태우는 일만 남았다
　　　　비닐에 싸여 쓰레기통으로 던져진다

외과 병동

1번 침대
투덜거린다, 그는
등판에 새겨진 것이 용이 아니라 발바닥 뒤집힌 이무기라고
손거울에 비쳐지는 건 발바닥뿐이다. 썩어가는 살이 아니라

2번 침대
통풍으로 잘라낸 발
없는 발의 환통으로 하루가 아득하다

3번 침대
어미 잃은 다섯 살 소진이
링거 병이 제거된 날, 자유로운 두 손으로 까르륵 넘어가는 웃음소리
아비 얼굴은 거멓게 타들어간다

4번 침대
하루 네 갑씩 피우던 담배로 위에 구멍이 나도
밥보다 니코틴이 더 고프다며 하루종일 코를 벌름거린다

5번 침대
벽을 마주보고 모로 누워 오늘도 말이 없다

창밖엔 진종일 장대비

상자

어스름 녘의 봉원사 산중턱 버려진 케이크 상자를 가운데 두고 사내애들 몇 명이 빙 둘러서 있다 긴 막대기로 안에 담긴 것을 찔러도 보고 저희끼리 낮은 소리로 웅얼거리기도 한다 킬킬대기도 했던가 상자 안엔 한껏 오므린 채 검푸르게 변해가는 알몸의 태아 여섯 살 아이는 손등 때리는 피아노 선생을 피해 가출중이다 짐승처럼 한 발짝씩 다가오는 산의 어두움 속에서 마주친 풍경 숨도 크게 쉬지 못한 채 그들이 흩어져 갈 때까지 나무 뒤에 숨어 있다

머리칼 끈적하도록 식은땀 흘리는 새벽
눈을 뜨면, 눈감은 채
본다 보인다
걸어도 걸어도 둥근 굴레방다리
넘어도 넘어도 넘어지지 않던
봉원사 뒷길
그만 주저앉아 웅크린 등허리를
내려다보는 수많은 눈동자들
찔러대던 시선의 막대기
소름처럼 돋아난 별들

이글거리는 향기

물감 튜브를 입에 짜 넣는다
뚜껑 닫는 것을 또 잊는다
입안에 가득 물린 포도주색을 백지에 뿜어낸다
젖은 피로 뒤엉키는 땅
빛의 가장 낮은 자리 바이올렛 색조로 번져가는 하늘
사라져가는 빛에 놀라 날갯짓하던 새의 배설물이
화폭에 떨어진다
돋아나는 소나무버섯 색깔의 점들
세균이 번식하듯 점들은 뭉쳐
하늘길 가던 까마귀 여러 마리 날아간다
별이 뜬다
소용돌이치는 별빛 아래서
밀밭은 더욱 노래진다
해묵은 황금빛과 살점 짓이겨
정지된 것들에 불을 붙인다
꿈틀거리는 길 위에 피어나는 이글거리는 향기

생 레미 정신병원 침상 위
흰 재처럼 엎드려 반 고흐는 테오에게 편지를 쓴다

땅으로부터 타오르는 검은 불길에 나는 휩싸여 있다
어떤 길로도 지평선엔 도달할 수 없었다
붓이 내 손에서 떨어지고 있다

붉은 바람

뒤주만 옮겨도 떨며 앓는 어린 딸
손목 끌고 어미는 당집으로 향하네
색색의 활옷 앞에서
젓내 밴 무명 치마 뒤로 숨는 어린것
큰무당 품안에 던지듯 안기네
명줄 받아 쥐고 수양다리 놓는 무녀
하늘 가득 땅에 닿지 못하고 되돌아가는 빗방울
단명하리라던 그애 열 살 넘겨
제 어미 죽음을 보네
수양어미 죽음도 보네
신당(神堂)에 불지르고 달려가는 아이
밤에 뜬 무지개 같은 부채
하늘로 오르다 사라지고

더이상 앓지 않는 아이 몸에서 한 아이 태어나네
꿈이 잦은 딸의 신장대 같은 손목 끌고
어미는 산을 오르네
산중 기도원에 퍼지는 울부짖음
밤의 동굴 안에서 까무러치는 아이
뒤돌아보지 않던 어미는
초혼(招魂)의 불길에 휩싸여 돌아오네

더이상 꿈꾸지 않는 아이를 열고 한 아이 걸어나오네
어미가, 어미의 어미가 기척 없이 태어나고 있네

세상에 나오지 않은 아이 손잡고
붉은 바람 속에서 병든 여자 길을 잃네

고양이와 튤립

월요일 한낮
문 닫은 화랑가 골목
실려 가지 못한 쓰레기봉투들이
푸짐한 햇살을 받고 있다
그 곁에 길게 누운 금빛 고양이
햇살 아래 조는 고양이란
흔하지 않은가
무심코 지나치던 발길을
그러나 잠시 멈춘다
걸음을 돌려세운 건
몸에 붙어 떨어지지 않는
파리였을까
항문에서 가늘게 흘러내리는
검붉은 피
채 마르지 않은 그 피를 보기 전
무엇인가 보았다
아니 볼 수 없었다
잠든 고양이의 표정
감은 눈 안에서
빛나는 경계의 눈빛을

고양이의 잠이란 튤립과 같다
만개(滿開)여도 반개(半開)인 꽃송이가
향기 대신 건네주던 긴장감

이제 마음놓고
고양이의 주검을 들여다본다
염치없는 파리와 함께

죽음의 계곡

내가 배를 댄 땅은 당신의 유골
이곳을 지나려면
이목구비 지워야 합니다
뼈의 그물 거두어야 합니다
기름과 소음의 누더기 벗고
오체투지로 삼릉석 위를 기어갑니다
세상과 맞닿은 길 끊긴 곳
사막의 노을 속엔
접히지 않는 날개가 있습니다
죽음의 계곡 지나
어둠을 마시고 재에서 태어난 새
드넓은 깃털로
지평의 흙먼지 붉게 일으킵니다
불새가 부르는 침묵의 노래
온몸으로 그의 음보를 채보합니다
알몸으로 그어나가는 이
느린 궤적을
태양 춤이라 불러봅니다
메마른 폭풍 속에서도 멈추지 않을
흰 자갈 위에
피로 쓰는 노래
먼 훗날
협곡을 울릴 모래의 노래
바람의 만트라

자반

상처를 열고 굵은소금을 뿌린다
벌어지는 살 속으로 스미는
잿빛 바다
피 흘리지 않는다
소금의 힘으로
단단해지는 살
햇살 되쏘던 등 비늘
부레 품고 솟구치던 첫새벽
지느러미 따라 갈라지던
물결은 이제 없다
내가 내게 던지던 투망도
거두어들인다
남겨진 건
더이상 부패하지 않을 염장의 날들
상처에 상처를 대고
비스듬히
바다인 듯 좌판에 눕는다

3부

미하(米蝦)

눈물이 짠 걸 보면
나는 소금
아니, 절여진 무엇

허공의 항아리
짜디짠 그
어둠 속에서

덜 삭은 눈알로
바다를 읽는

굽어질 등도 없이
모든 다리를 오그리고
사라져갈

쌀새우

사막에서 온 남자

저녁 여덟시
집으로 들어서는 순간 그는
얼굴을 벗어버린다
근시, 원시 섞인 안경
견고하게 똬리 튼
넥타이와 벨트가
줄줄이 딸려 나온다
되감을 수 없는 행로는
구두 속에 구겨 넣고
손가락 깊게 찔러
성근 머리 쓸어넘긴다
두피마저 벗겨내듯

낮의 얼굴이 사라진 그가
빈 몸뚱이로
욕실 앞에 우두커니 서 있다
진자운동 멈춘 시계추 같은 성기
그는 이제 막 사막에서 돌아온 것이다
모래바람이 지우고 긋는 지평의 능선
바라보던 눈썹
피로로 덮여 있다
흘러내린 머리카락 몇 올 급기야
이마에 금을 낸다

흐린 날

텅 빈 눈 속으로

유리로 지은 집들 세워지고 부서지고
(모였다 흩어지는 모래알)

셀 수 없는 바퀴들 구르다 멈추어 서고
(길 한가운데에서 오도 가도 못하는 늙은이)

고압선 떨며 흐르고
(노래하지 않는 새들)

흐릿한 무지개 떴다 사라지고
(길게 휘어진 길)

샴고양이 한 마리 느리게 골목을 지나가고
(웅크린 채 상처 핥고 있는 개)

비린 바람 불고
(우묵한 동공 속으로 스미는 어스름)

그 무엇도 담기지 않고

껌

그는 옆자리 아가씨에게 껌을 권한다 말없이
도리질하자 한번 더 건넨다 이상한 끈질김으로
손까지 내저으며 사양하자
그의 입에서 쌍소리가 조그맣게 새나온다
놀란 아가씨가 눈을 크게 뜨자
좀더 큰 목소리의 욕지거리가 이어진다
당하는 상대는 아무 말 못하는데
그는 분을 참지 못하겠다는 듯 벌떡 일어선다
몸이 심하게 외로 꼬이는 중증 장애인이다
아무것도 붙잡지 않은 채 쏟아질 듯 여자 앞에 바짝 서서
말을 하면 할수록 한쪽 입가에 침이
부글부글 괸다
여자는 거의 사색이 되어가고 지하철 이곳저곳에서
혀 차는 소리가 들려온다
휘익 눈알과 함께 돌려지는 고개
그의 분노는 이제 다수를 향해
고꾸라질 듯 지하철 한 칸의
이 끝에서 저 끝을 헤집고 다니기 시작한다
혀 차던 소리는 뚝 끊기고 사람들은
언제 저 분노의 덩어리가 제 앞에 풀썩
안겨올지 몰라 애써 외면하고 있다
신문으로 얼굴을 덮고 눈을 감아버리고
캄캄한 터널을 향해 등을 돌리고
정류장은 가까워오지만 누구도 내릴 엄두를 못 내는데

아직도 그는 분이 삭지 않은 듯
급기야는 다시 처음의 목표물로 돌아와
여자의 머리를 향해 정확히 주먹을 한 방 날린다
그러고는 막 열린 문으로 기우뚱 사라진다
여전히 부르쥔 주먹을 떨어대며

방

아이는
늘 혼자다
그애는
자주 목이 마르다
열쇠 구멍 통해
빈방 엿볼 때처럼
숨가쁘곤 한다

빈방 아니었어
뒤엉킨 두 물체
구르며 헐떡이며.
내 숨소리 귀에 들리고
크게 뚫고 싶은 구멍은
점점 좁혀들고……
손잡이 돌려보았지만
굳게 잠긴 문

창 없는 다락방
쥐 오줌내와 곰팡이 슨 벽지 냄새
잘라낸 그림들이 방안 가득하다 아이는
찢어낸 봄의 풀밭을 깔고
눈알 없는 인형
옆구리에 낀 채

눈감아버린다
가위질당한 그림책 속
뱀 한 마리
아이의 잠 속으로
기어들어온다

버섯

너는 썩은 도마였어
가슴이 움푹 파이고
몸의 결이 안 보이도록
칼금이 새겨진 어느 날 버려졌지
얼마 만의 휴식인지……

지금 넌 도마가 아니야
네 몸에 버섯이 돋았거든
칼이 네게서 떠난 뒤
움트기 시작한 향기로운 독의 응어리
아니, 네 안 깊숙이 접혀 있다 펴진
작은 우산들일까

도마 위에서 잘라지던 푸성귀들의 전율
산 채 절여진 등 푸른 생선들의
감기지 않는 눈알
피 흘리는 살덩이들이 다져질수록
깊어지는 몸의 상처

나도 몰랐어
죽어가는 것들의
떨림이
스며들어 솟아오를 줄
떼어내도 자라날

무엇이 될 줄

숲 냄새가 나
오래전 뿌리가 품었던 싱싱한 곰팡내

우무

오이를 잘게 썬다
해 기우는 시간
도마 위에 놓인
우뭇가사리의 비치는 살 속으로
이내 빛이 스민다
채 친 오이와
노을 묻은 우무를 버무려
식탁을 차린다
아직 바다에 떠 있는 듯
투명하게 흐느적거리는 우뭇가사리
식탁이 출렁인다
짠내 빠진 바다
자꾸 미끄러지는 그것을
간신히 잡아 올려
입안에 넣는다
씹히지 않는 수평선

(전화를 기다린다. 자동응답기를 틀어놓았지만 두번째 벨이 울리기 전 여자는 달려가 받을 것이다. "방금 돌아왔어, 바빴거든." 열 번도 넘게 연습한 말을 우물거리는 입으로 한번 더 말해본다)

우무는 먹어도 먹어도
줄지 않는다

먹어도 먹어도 배부르지 않다
접시 위에 가득한 우무

식탁을 치운다
바다가 사라진다

기울던 해가
갑자기 뚝
떨어진다

바람사람

누군가 끝없이 춤을 추고 있다
사거리 모퉁이 전자상가 앞
원색의 모자와
귀밑까지 벌어진 입
껑충한 두 발 땅에 붙인 채
팔 꺾고 고개 뒤틀며
주저앉다 문득
제자리로 돌아오기
하굣길 몇몇 아이들, 물끄러미
바라보다 이내 걸음을 옮긴다
홀로 추는 춤의 반주는
바람 그의
살도 바람
텅 빈 몸속
채웠다 빠져나가는
피도 바람이겠지
어느덧 엷어지던 그림자 사라지는 시간
관절도 없이 온몸 꺾던 그의
춤사위가 갑자기 스르르 무너진다
들리지 않던
모터 소리 멈추고 난 후
형체도 없이 구겨져
남아 있는
텅 빈 비닐

꿈

잠에서깨어난그가멍한목소리로말했다
누가자동차껍질만남기고모두가져갔어
바퀴까지그런데덮개뿐인차가굴러갔어
아니걸어갔어아니날아갔어그가꿈을꾸
는동안나는어디에있었나바퀴도엔진도
없이어디를헤매고있었나빈유리창에무
슨그림을담고있었나언제지상에다시내
려왔나아니아직도가는중인가다시모로
누워잠에빠진그가가늘게코를고는밤과
아침그사이의

어스름

광장에서의 잠

사내는 곤한 잠에 빠졌습니다
낡은 구두 벗어놓고
한 장의 신문지 위에서
왼손은
사타구니 속에 깊게 찌르고
오른손은
보퉁이 움켜쥔 채

꿈의 전원주택 전면 광고 위에
모로 누운 사내
헌옷 뭉치처럼 구겨진
몸뚱이 하나
신문은 다 받아내지 못하고
조금 흘립니다
기운 뒤축보다 더 헌
발뒤꿈치

무심결에 그의 머리
치고 가는 발걸음들
광장 울리는 전도단의 외침
멱살 틀어쥔
땡볕 아래 악다구니도
그의 잠을 깨우지는 못합니다

쓰레기로 속 채운
서울역 비둘기들
뒤뚱거리며 한낮의
묽은 똥을 흘립니다

장대 위의 잠

그는 허공에 기대어 잠들어 있다. 그를 받치고 있는 대빗자루 끝이 담벼락에 간신히 걸쳐 있지만 등을 대주는 건 분명 허(虛)다. 오른손에 칼 대신 쥐고 온 빗자루 잠시 내려놓고 왼손은 품속에 찌른 채 잠에 빠진 허공장보살. 그가 쓸며 지나온 길, 사라지지 않고 담 가로 몰킨 눈더미는 온통 잿빛이다. 새벽을 밝혔던 형광색 그의 옷이 햇살 아래 남루이듯이. 영하 10도를 뚫고 온 한줌 햇볕, 이마 위에 잠시 머무는가 싶더니 곧 자리를 옮긴다. 그의 잠 밖으로 경적 울려대는 차들 달려가고 어깨 웅크린 발걸음들 총총이 지나친다. 털옷 입은 개 한 마리 발밑에서 앙칼지게 짖어대다 제 갈 길로 가버리는 한낮, 개었던 하늘, 어두워지며 다시 눈발 날린다.

낙타 행렬 옆에서

자정이 지난 역삼동
모래바람 속을 몽롱한 눈으로 건너는
흰 낙타들 무리
물주머니 옆구리에 차고
화석의 퇴적지를 밟는 자들
높게 낮게 걸린
네온의 전광판
밤이 되어도 사라지지 않는
콘크리트 사막 위의 신기루를
외면한 채 걷는다

무리에서 떨어져나온
낙타 한 마리
입안 가득 모래를 물고
쓰러진 채 잠들어 있다
그의 뱃속은
대낮의 표류물로 그득하다
이른 새벽
해보다 먼저 깨어나
사라진 길을 찾아가는
낙타들의 행렬을
그는 볼 수 있을 것인가

화석

흙에 눈을 대면
지층이 보인다
날벌레의 화석들
열려진 무덤
안으로 머리 디밀기 전
납작하게 엎드려
죽은 자들의
체온을 느낀다

나의 들숨으로 그들의 날숨이 들어온다
칠흑의 굴속엔
열쇠 모양의 부호들이
가득차 있다
지상의 소유물이었던 것들의
열림쇠, 혹은
하지 못한 질문들
물음표로 엉켜 있는
뇌 속을 들여다보는 것 같다

더이상 자라지 않는
머리를 지층에 묻으려 한다
물컹한 살덩어리
화석이 될 수 없는 뇌
그를 고뇌의 석탄이라 부르며

난 얼굴에 불을 지르고
웃는다

모래 구덩이의 잠

단봉낙타가 끌고 가는 모랫길
소금 실은 캐러밴 행렬이 간다

입안에 자갈 물고 견디는 한낮 지나
몰아치는 모래폭풍
동편 향해 엎드려 드리는 기도

월령 3일 초승달 뜬 타클라마칸의 밤은 춥다
모래 구덩이 깊이 파고
백악기 짐승 뼈 곁에 누워 잠을 청한다

마지막 대상들의 꿈속에서
용설란은 죽기 직전의 꽃을 피우고

안드로메다 곁으로 흐르던
성운, 80만 광년의 시간을 가로지른다

나를 연주하던 사람

녹슨 실로폰 한 대
공중에 걸려 있다
얼굴 보이지 않는 주자가
내 두 다리를 잡고
악기의 채 삼아 연주한다
악보도 없이
음악이 이어지는 동안
그의 팔은 멀쩡하나
내 발에서
삭은 발톱들 하나씩 빠져나가
건반 사이에 낀다
실로폰은 울림을 멈추고
그는 망설임 없이
던진다, 나를
빈손의 그가
다른 이의 두 발을
집어 들고
멈추었던 연주를 계속한다

4부

가면

내 뒤통수에 달려 있는
네 얼굴
내가 앞을 볼 때
넌 뒤 보고
앞이라 하지
안개로 말문 트는
새벽 숲 걸으며
넌 해가 진다고 해
내일을 얘기하면
인화된 사진 같은
어제를 말하고
가랑이 사이에 머리 넣고
하늘이 호수 되었다 하니
호수가 하늘 된 거라며 웃는다
내가 그림자 지우며 갈 때
더 긴 그림자 끌고 오는 너
그는 나더러 너라 한다

옛집

내 안엔 헐리지 않은 낡은 집 한 채가 있다. 어린 날 잃어버려 찾을 수 없던 물건들이 고스란히 거기 쌓여 있다. 가끔 난 내게서 빠져나와 그곳에 머물다 온다. 돌아올 시간이 지나도 오지 않는 나를 찾기 위해 어느 날 그 집을 찾아갔다.

너를 만나기 위해
버려진 옛집으로 간다
뜯겨진 벽
삐걱이는 마루 위 빛바랜 흔적들
망가진 배드민턴 채가
한구석에 세워져 있다
문틀만 남은 곳엔
사라진 방이 있다
네가 어디 있는가 묻지도 않았는데
바람이 문 여는 소리를 낸다
흩어진 색종이들과
솔기가 닳은 봉제 인형 대신
굴러다니는 먼지 덩이들
미세하게 부서져내리는 벽 한편에
등돌린 어린 그림자가 서 있다
어두운 저수지, 무엇이든 빨아들여 흰자위가 없어진 눈동자,
그 창밖의 어둠을 향해

문신

텅 빈 백지이며 백치인 그대가
내 앞에 있다
크고 작은 붓들과
색색의 물감들 늘어놓는다
하지만,
손에 든 건
끌과 조각칼
여백의 당신을 메우는 대신
내 몸에 칼을 댄다
밤새도록
문신을 새긴다

동이 터온다
잘 벼린 칼로 그어낸 지평선
핏물 옮게 번지더니
새벽노을이다
옮아붙는 불길
타들어가는 살내음
몸속 새떼 날아오른다

텅 빈 백지이며 백치인 그대가
재로 가는
날
보고 있다

뺄셈

나는 뺄셈이다
살을 다 발라내고 비로소 이름을 얻는다
목발이나 의수도 이젠 내 뼈로 보인다
면도칼, 쇠꼬챙이, 부러진 칼, 갈고리, 바늘 등과 함께
나는 진열장에 세워진다
아무도 내가 나인 것을 모른다
사람들은 유리 앞에서 모래의 꿈을 꾼다

살이 없으면 생각이 없는 줄 안다
사라진 살들로 우리가 얼마나 넓어졌는지
얼마나 혈색 좋은 꿈의 관절들이 부드러워졌는지
알아차리지 못한다

광선으로 그려진 검은 뼈, 해부 실습실의 흰 뼈는
늘 웃고 있다 큰 눈과 벌어진 입은
초점이 맞지 않는 눈망울의 어린 사람을 떠올리게 한다
언젠가는 그물 같은 뼈마저 거둬내야 하리라
구부리는 대로 휘어지는 몸은 더이상 재미있지 않다
나는 한껏 구부러져 발밑의 이름을 지우기 시작한다

도배

가구들은 사라졌다
텅 빈 방안
그래도 가득한 것이 있다
사방의 벽에 스며든 말들

벽을 더듬어 소리의 화석을 따라간다
비명이 자리한 곳에 번개의 금이
못이 뽑혀나간 자리에
구멍이 있다
소리의 납골당이 있다면 이
방과 같을 것이다

풀과 사포와 거대한 두루마리를 들고 선 저
도배장이는 그러니까
말들의 저승사자인 셈이다 그는
입을 꾹 다문 채
사포로 문지르며 두꺼운 벽지를 발라간다
텅 빈 무대 위의 마지막 대사가
휘장 속에 묻히듯
거대한 벽의 입술이 사라진다

요셉 보이스의 모자

백지 위로 비가 내린다

한낮의 사막에 어둠이 쏟아진다

그의 어깨에서 골반까지 금이 간다

마침표 쉼표 말없음표
뇌수 속의 다족류들
네 귀퉁이로 기어나와
빗속에 갇힌다

그의 창이 열린다
산산조각난 창문
흔들리는 투명한 글자들

비 냄새가 난다

사납게 일어서는 사막

모래가 꿈틀거린다

말들을 쓸어간다

몸에서 피가 다 빠져나간다

머리에 구멍이 난다

그의 모자엔 원래 덮개가 없다

요셉 보이스는 왜 코요테를 품에 안았나

사방의 벽은 책으로 뒤덮여 있다
거대한 짐승의 뱃속
소장의 융털돌기처럼 꽂혀 있는 책들의 미로 속을 따라 돌다
빛나는 네 개의 눈동자와 마주쳤다
야생의 코요테와 말라빠진 사나이
어둠의 구석에서 입맞추는 그들을

1974년 뉴욕 케네디공항. 모자를 눌러쓴 한 사나이가 막 도착한 비행기 트랩에서 황급히 내려 미리 대기한 구급차로 옮겨 탔다. 그는 무거운 침묵을 지킨 채 구급차가 달리는 동안 한 번도 창문 밖으로 시선을 던지지 않았다. 이윽고 구급차는 르네블록 화랑에 도착했다. 무슨 일인가 하고 사람들이 차 주위로 몰려들었다. 사나이는 모자를 손으로 누른 채 재빨리 화랑으로 뛰어 들어갔다. 화랑 안에는 북미에서 야생하는 코요테 한 마리가 그를 기다리고 있었다. 사나이는 천으로 온몸을 가리고 코요테에게 다가갔다. 성질이 날카로운 코요테는 조심스럽게 사나이 주변을 빙빙 돌았다. 그렇게 하루가 가고 이틀이 지났다. 사나이는 코요테에게 아무 말도 걸지 않았다. 사나흘이 지나자 코요테는 사나이에게 호감을 보였다. 사나이는 코요테를 품에 안았다.
그렇게 또 한 주일이 지났다. 사나이는 코요테에게 키스를 해주고는 다시 케네디공항으로 달려갔다. 잽싸게 비행기에 오른 그는 “나는 코요테에만 전념했다”.

—정윤, 『상식 밖의 예술사』(새길, 1995) 중에서

이어진 말들이 있었으나 내 안의 성난 코요테가 울부짖는 소리에 더이상 들을 수가 없었다

여행

네게로 가는 길이 너무 많아
나는 모든 길들 사이에서
길을 잃는다
어리둥절한 우체통을
길 가운데 세워놓는다
나침반과 시계를
하늘에 단다
눈먼 새 앉아 있는
풍향계는 무풍지대에 놓기로 한다
철길 건널목의 차단기 내려지고
경고음 울려도
지나가는 기차 한 대 없다
내 안의 물고기를 세워놓고
나는 옆으로 눕는다

긴 여행이 될 것이다

빛의 염을 하다

아무도 날 건드리지 마
조각나
유리 옷을 입고 있어
난 불붙지 않아
빛나는 것에 속지 마
내게로 와
입술을 대면 그게 겨울이라면
네 입술이 찢어지기 전
내게서 떠날 수 없어
네가 내게로 와
알몸으로 안겨오면, 그게 여름이라면
내 몸에 스미지 않는 너의 땀
분비물로 얼룩진 네가 있을 뿐이야

내 안에 흐르는 찬 피
아무도 곁에 두지 않은 채
깊은 겨울잠에 빠졌다 나오곤 하지
내가 더이상 깨어나지 않을 때
봄이 날 흔들지 못할 때
알지?
온몸을 깨뜨린 후 버려둬
햇살이 날 염하도록

창의 뒤편

그는 갇혔다
말을 하기 위해
거리의 모든 말들에게서
도망쳤다
납골당 크기의
투명한 방음벽
갇힌 그가
유리에 비쳐
둘이 되었다
둘인 것을 납득할 수 없다
등돌린다
두 손을 입 가까이에 모으고
악을 쓴다 그러나
물속에서 벙긋거리는
물고기 주둥이
말이 고픈 그에게 사람들은
먹이통을 흔들어 보이며
해초처럼 흔들린다
말이 몹시 마려운
한 사람이
그의 몸을 두드린다
안개꽃을 들고 있다
조심스레
그러나 곧

거칠어지기 시작한다
흩어지는 꽃잎
살기등등해진다
납작해진
더이상 뒤로 갈 수 없는 그가
유리벽의 부조로
굳어간다
누군가
그의 몸을 뜯어낸다

청어

헌옷들이 쌓여 있다
챙 없는 모자와
굽 닳은 신발들과 함께

생선 시장 큰 쓰레기통에 섞여 있던
대가리와 긁어낸 비늘
날개였던 지느러미들이 생각난다
검은 비닐봉투 속에 토막 친
청어를 담아 오는 길이었다
소금 뿌린 청어는 절어가고
쌓여진 옷들은 햇살 아래 지쳐 있다

낡은 구두 안에 담긴
탈색된 시간들
접힌 소매 끝에서
희미하게 흔들리는 손목
쭈그러진 모자 속에서
채 빠져나가지 못한 몽상
이 모두에 불을 붙이기로 한다

(불 위의 청어가 노란 기름을 탁탁 튀겨내며 저항할수록 칼집 넣은 살은 더 크게 벌어졌지)

힘차게 타오르다

이윽고
꺼지는 불길

재 무덤 속에서 무언가 번뜩인다

타다 남은 금속 단추 몇 개
옷들은 사리를 남겼다
(청어는, 청어의 사리는……)

블루

흐린 정오의 전시실
벽면 한쪽을 다 차지한
블루 앞에
여자가 선다
숨죽인 채
깊이를 알 수 없는 블루를 바라본다

　　청어를 부르는 고래의 노랫소리 울려온다
　　산호의 유골들 건드리며
　　바다를 뚫고 솟구치는 청어떼
　　시리고 비린 냄새 끼쳐온다
　　노래의 뿌리는 물의 심연으로 뻗어내려
　　교미중이던 암거북이
　　제 짝을 떨군다
　　입안 가득 알을 물고 다니던
　　아로와나, 벌어진 입 사이로
　　암컷이 슬어놓은 알들을 다 놓친다

블루는
알몸의 여자를 삼킨다
전시실은 다시
텅
빈다

고양이 힘줄로 만든 하프

내 머리채 휘어잡고 일필휘지 할 분 안 계시나

뼈의 구멍에 입술을 대고 날숨 불어넣을 이

방광 가득 바람을 넣어 힘껏 차도 좋을 일

무늬 없는 등판에 지도를 그려 넣어
벽에 거는 일은 어때
오대양 육대주 까맣게 문질러
밤의 지도를 만들지
찾을 수 없던 별자리 돋아오르게

비스듬히 품에 안고 핏줄의 현을 튕기면
숨겨진 노래 흘러나올까
고양이 힘줄로 만든 하프처럼 말야

하지만 다 쓸모없다 여기실 땐
빈 몸통만으로 토르소를 만드시죠
사라진 목, 부서진 팔다리로 웃는 토르소를

월식 환상

타란툴라*의 독을 마시고 춤을 추리라
배꼽 속에 숨어 똬리 튼 뱀
허파 없이 너의 폐로 숨쉬는 상사뱀
한쪽엔 태양의 눈
다른 한쪽엔 달의 눈을 박고
신월의 밤을 기다리리라
머리가 꼬리고 꼬리가 머리인
끝없이 자라나는 족속
초혼의 북소리 같은
네 심장의 두근거림
네 피의 리듬 따라
진동하는 비늘 몸뚱이

달의 축제일
거대한 별들의 그물
발밑으로 떨어질 어둠의 조각들 받치고
성하의 젖빛을
수액처럼 흘리는 밤의 자작나무 숲속
온몸에 진흙 바른 대지의 춤이 시작된다
자라고 자라나
너를 찢으며 빠져나오는 상사뱀
온기 남은 태양의 재를 마시고
이지러진 달 속으로 숨어든다

* 타란툴라(tarantula): 이탈리아, 스페인 등의 남유럽에 서식하는 독거미로 이탈리아 남부 도시 타란토(Taranto)에서 유래된 이름. 타란툴라에게 물리면 몸이 떨리고 신경이 곤두서서 난동을 부리게 되며 결국 호흡곤란에 빠지는데 유일한 치료법은 타란텔라(tarantella)라는 춤을 미친듯이 추게 하여 땀을 많이 흘리게 하면 병이 낫는다고 한다.

새

그는 내게 나무를 그려보라 했다

잎새들을 땅에 묻고
하늘로 번는 뿌리를 그렸다
그건 너의 날개를 묻은 거야
향기를 가둔 거야
그가 말했다
흙의 향내를
그대가 모르는 것뿐이라
이르는 대신
좀더 풍성한
어둠의 가지들을 번게 했다
너의 혀를 생매장한 거야
그가 우겼다
바람이 지나가도
흔들릴 수 없을 거라 했다

그러나 실은
새 얘기를 하고 싶은 것 같았다
암흑의 둥지에서
노래하는 새가 없음을

그가 모르는
새가 있다

뜨거운 피에 굶주려
캄캄한 가지에서
펄떡이는 심장으로 날아가 꽂힐
그래, 피 없는 새

하지만 끝내 말하지 않겠다

길모퉁이 그 집

아미오거리 모퉁이를 돌면 그 집이 있다
붕장어의 눈을 가진 잔느*
동공 없이 허공을 바라본다
뿌연 유리창에 물곰팡이처럼 엉기는 저녁 안개
만삭의 배 감싸안은 야윈 손
가늘게 쉬는 숨 따라 핏줄이 돋는다
그가 사라진 침대 위 허물처럼 웅크린 낡은 담요
불 꺼진 난로 곁에 나뒹구는 빈 정어리 깡통
물감 흩뿌리듯 토해낸 그의 핏자국
마르지 않은 채 벽을 타고 흘러내린다

목이 자꾸 길어져 외로 꼬여 그녀는
점차 희미해져가는 새벽달을 바라본다
어디선가 들려오는 낮은 목소리 〈까라 이탈리아〉
움직임 없던 그녀, 끊이지 않는 이명
소리 없는 소리 따라 무초(蕪草)처럼 느리게 일어나
창틀 위에 올라선다
허공에 출렁이며 흩어지는 머리타래

창밖은 안개 걷힌 아침
겨울의 푸른 햇살이 부서져내리고 있다

* 잔느 에뷔테른느. 화가 모딜리아니의 마지막 연인.

나는 그를 나무라 부르고 그는 나, 無라 이른다

바람 부는 겨울 저녁
집을 나선다
석양빛 털을 가진
두 귀 축 늘어진 개와 함께
주위가 잠시 밝아지는 듯하여
시계를 본다 하지만
어둠은 갑자기 몰려올 것이다
운명하기 며칠 전 돌아오는
화색(和色) 따위의 것
고개 든 순한 짐승의
두 눈 속으로 태양이 진다
바람 몹시 불어
큰 나무 아래로 간다
눈을 감으니
아득한 곳에서 울려오는 종소리
나무가 떨구는 나뭇잎들이
내 몸에 와 고스란히 박힌다
앞서 갔던 녀석이 돌아와
발치에 감겨 눈을 뜬다
석양에 등 대고 선 나무의 수많은 잎들
그런 날이 있었을 테지만
지금은 앙상한 가지뿐이다

눈(雪)을 읽다

쏟아진다
소나기 아닌 함박눈이
우수(雨水)의 밤
공허를 큰 허공으로 바꾸며
하늘이 보내는 급전(急電)처럼
소리 없는 모스부호처럼

그러나 쓰는 것이 여백인
눈의 설형문자들

세상은 온통 한 장의 편지
물을 묻히면 글자가 떠오르던
어린 날의 비밀 편지를 다시 받는다

어느 먼바다에서는
물과 뭍
이미 한 몸이란다

이 밤
온몸 열고
눈 속에 오래 서서

미라, 항아리, 홀로인 모음, 불(佛), 허공……

아니, 꿈꾸는 허수아비다, 나는
뱃속을 눈송이로 채우고
아침이 오면
햇살 아래 가벼이
입적하기를 기다리는

문학동네포에지 083

고양이 힘줄로 만든 하프

초판 인쇄 2023년 12월 10일
초판 발행 2023년 12월 22일

지은이 — 강기원
책임편집 — 김민정
편집 — 유성원 김동휘 권현승 유정서
표지 디자인 — 이기준 이정민
본문 디자인 — 이원경
저작권 — 박지영 형소진 최은진 서연주 오서영
마케팅 — 정민호 박치우 한민아 이민경 박진희 정경주 정유선 김수인
브랜딩 — 함유지 함근아 고보미 박민재 김희숙 박다솔 조다현 정승민 배진성
제작 — 강신은 김동욱 이순호
제작처 — 영신사

펴낸곳 — (주)문학동네
펴낸이 — 김소영
출판등록 — 1993년 10월 22일 제2003-000045호
주소 — 10881 경기도 파주시 회동길 210
전자우편 — editor@munhak.com
대표전화 — 031-955-8888 / 팩스 — 031-955-8855
문의전화 — 031-955-2689(마케팅), 031-955-8865(편집)
문학동네카페 — cafe.naver.com/mhdn
인스타그램 — @munhakdongne 트위터 — @munhakdongne
북클럽문학동네 — bookclubmunhak.com

ISBN 978-89-546-9783-5 03810

www.munhak.com

문학동네